"힘든 일 있으면 언제든 얘기해도 돼!"

누구보다 소중한

_____님께

_____드림

한번쯤
네가 나를
그리워했으면
좋겠다

혼자이고 싶어서, 혼자가 싫어서

나에게 밤을 선물한다

한번쯤
네가 나를
그리워했으면
좋겠다

글·그림
그림은

놀

다들 괜찮아 보인다.
나 혼자 멈춰 선 것 같다.


"괜찮아?"라는 말에 뭐라 해야 할지 몰라
"괜찮다"라고 했다.


괜찮지 않은 날.
모든 것을 멈추고 싶은 날.


혼자이고 싶어서
혼자가 싫어서


나에게 밤을 선물한다.

# 눈물은 잘못이 없다

몸이 점점 투명해져 내가 사라져버리는 상상을 한 적이 있다.
차마 버틸 수 없는 날들이 켜켜이 쌓여 그냥 내가 사라져버렸
으면 하고 바랐던 시간들.

길을 가다 문득 멈춰선 도시의 한 풍경에 서서히 투영되다 투
명해지는, 여기 있지만 여기 있지 않은 나에게 외로움과 공허
함이 깃들어 지나가는 사람들이, 찬바람이 그저 몸을 통과해
버리는 상상.

사랑도 일도 마음대로 되지 않았다.
비어가는 통장 잔고가 마치 나를 보여주는 것만 같았다.
누구도 내 말을 귀 기울여 들어줄 것 같지 않았다.

결국 아무 말도 하지 않고 입을 다물었던 날.
하고픈 말을 삼켜낸 내가 처연해서 눈물 흘리던 날이 있었기에
나는 안다.
바스러질 것만 같은 마음들을.

나는 홀로 서 있는 당신을 응원한다.
결코 당신은 작은 사람이 아니다.
당신의 봄은 오고 있다.

누구보다 소중한 당신에게
그림은 드림

**차례**

## 마음 하나, 어제의 슬픔과 아픔

## 마음 둘, 나의 찬란한 밤

## 마음 셋, 한 걸음 또 한 걸음

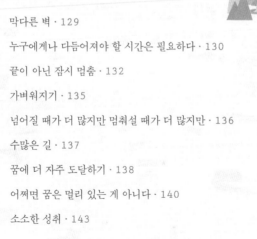

## 마음 넷, 조금 늦었을지라도

# 마음 하나,
# 어제의 슬픔과 아픔

## 숨죽인 침묵

귓가에 계속해서 맴돌았다.
나지막이 부르던 내 이름…….

나는 덜컥 마음이 내려앉았다.

말하지 않아도
무슨 의미인지 알 수 있었던
긴 침묵, 모든 말을 대신하던 순간.

눈물이 솟구쳤다.
수없이 들었던 내 이름이
한없이 가슴 아리게 와 닿던 그때.

너는 나를 놓았고
내 가슴은 가지 말라고 울부짖었다.

숨죽인 침묵은 이별이 다가왔음을 알렸다.

## 어제와 같은
## 하루가 시작된다

눈을 뜨자마자 내 일상에서 멀어진 네 하루를 떠올린다. 아직
자고 있을지, 밥은 먹었을지, 지금 무얼 하고 있을지 생각한다.

더는 소소한 일상조차 물을 수 없는
아무 사이도 아닌 사람들보다 더 멀어진 우리.
불쑥 어제의 슬픔과 아픔이 문을 열고 들어온다.

눈물의 무게가 이리도 가벼웠던가.
그렁그렁 차오른 눈물이 내가 어디에 있든
어떤 시간을 지나가고 있든
누구와 함께 있든 대책없이 흘러내린다.

너라는 존재로 충만했던 일상도
하나씩 무너져 내린다.

네가 없는 하루가 또 시작된다.

## 마음이 흔들리면
## 몸도 고장 난다

네 생각으로 잠 못 드는 나날.
머리가 깨질 듯이 아프고 온몸이 열로 들끓는다.

여름보다 내 몸이 뜨거운 이유는
어쩌면 남겨진 사랑 때문인지도 모르겠다.

너를 만나기 전까지
내가 이토록 뜨거운 사람인지 몰랐다.

우리에게 어떤 고난이 닥치더라도
서로 맞춰갈 수 있다 생각했다.

그러나 수많은 노력과 믿음을 비웃듯 우리는 서로를 놓았다.

한 사람이 '나는 이제 너와 있는 게 힘들어.' '너를 향한 사랑
이 예전 같지 않아.' 생각하는 순간 이별은 시작된다.

**다른 한 사람에게 사랑이 남아 있다 할지라도……**

# 사랑이라는 것

사랑을 할 때 나의 삶과 너의 삶 그리고 우리의 삶이
조화롭게 공존해야 행복할 수 있는데

나에겐 우리의 삶만 존재했던 것 같다.
온종일 너를 그리는 내 삶이 네 삶과 달라서

너는 많이 무거워 했고
나는 많이 서운해 했다.

너와 내가 다른 사람이라는 것을 인정하면서도
사랑이라는 이름의 왜곡된 생각 앞에서는
그 다름은 항상 예외가 되었다.

그것이 잘못되었다는 것을
조금이라도 일찍 알았다면
우린 좀 더 오래 사랑할 수 있었을까?

## 이미 지나간 사랑

너에게 나는 늘 미뤄지는 나중의 사람이었다.

그래도 가끔 술을 많이 마신 날이면 너는 내게 고백하듯 미안하다고 고맙다고 말했다. 나는 그 말이 그저 고마워 언제까지나 너와 함께하고 싶었다.

뒤돌아 생각해보면 이미 너는 자신의 삶으로 가득 차 있는 사람이었다. 처음부터 내가 들어갈 공간은 없었던 것 같다.

그럼에도 나는 너를 택했지만 곁을 내어주는 사랑은 너를 무겁게 했다. 나는 점점 가난한 사랑이 되어갔다.

## 어쩌면 우린
## 함께였지만

너와 더 많은 시간을 함께하고 싶었다.

너를 향한 그리움은 외로움이 되었고 외로움은 점점 쓸쓸함이
되어갔다.

슬픔이 쏟아져 너와 나를 다 덮어버릴까 봐 겁이 났다.

나는 자꾸만 내 감정을 속으로 구겨 넣었다.

내 마음의 소리는 네 어떤 것도 거치지 않았다.
듣는 너도, 말하는 나도 서서히 지쳐가고 있었다.

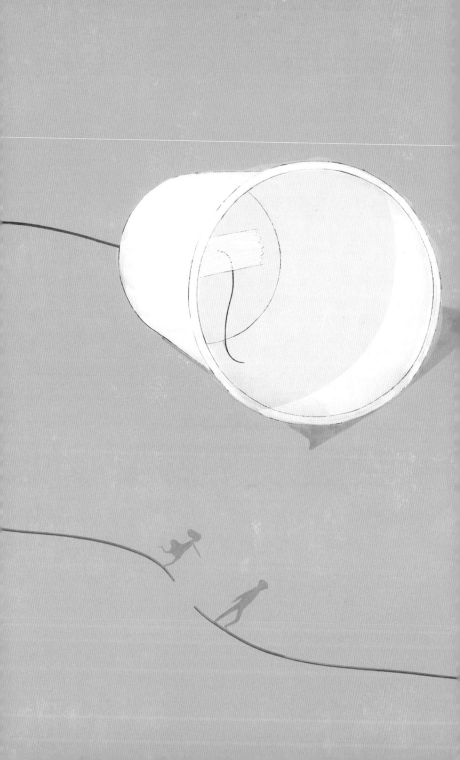

## 이해받지 못한
## 우리가 쌓여갔다

서로 보듬어줄 의지는 없었다.
언젠가부터 너는 나와 함께 있으면 웃지 않았다.

다른 사람들과 이야기하며 웃는 네 모습에
서운하기도 미안하기도 했다.

어렴풋이 너를 행복하게 하는 사람이 내가 아님을 느꼈다.

## 어쩌면 우린
## 스쳐가는 인연이었나 보다

행복한 순간보다 아픈 순간이 더 많았다.

지금 흘리는 눈물은 사랑한 그때로 돌아갈 수 없어서 흘리는
눈물이 아니라 그때의 내가 아파서 우는 것이다, 라고 나에게
속삭인다.

나는 너를 놓아주어야 하니까…….

그리워서가 아니라
보고 싶어서가 아니라
아직도 널 사랑해서가 아니라
사랑하던 그때의 내가 아파서 운다, 라고
아파서 우는 그때의 내가 가여워서 운다, 라고.

그땐 이토록 다치고 있는 줄도 몰랐다.
나를 돌볼 시간도 없이
사랑이란 이름으로 내 마음은 앓고 있었다.

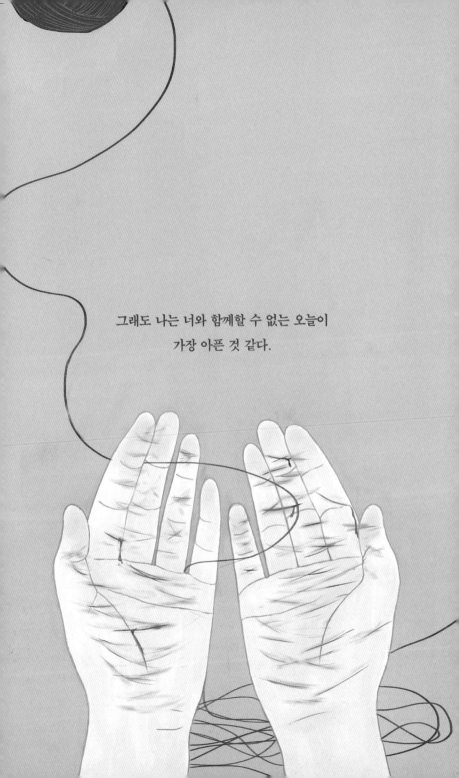

그래도 나는 너와 함께할 수 없는 오늘이
가장 아픈 것 같다.

## 나는 여전히 네 안에 산다

차가운 바람이 스민다. 쌀쌀해진 날씨 탓인지 청량한 하늘 때문인지 그냥 조금 마음이 헛헛해졌다.

집으로 돌아가는 길. 불 꺼진 집을 보는 게 마치 내 마음을 보는 것 같아 환하게 켜진 가게들의 불빛 사이로 발길을 돌린다.

북적이는 사람들 사이를 지나 가게 한구석에 자리를 잡는다.
"여기 소주 한 병이요."

톡 톡 토토도독 타타닷…….
한두 방울 내리던 비가 거리를 적신다.

네 얼굴이 떠오른다. 빗물 흐르는 창문 너머
흐릿해진 얼굴이지만

마음은 계속 너를 향한다.

# 이제는 마주할 수 없는 그날

서로의 말 한마디에
미소가 번지던
이제는 마주할 수 없는 그날이 그리워진다.

그리움의 파편이 되어버린
그저 마주 보며 웃던 그 순간이 그리워진다.

이미 지난 사랑일지라도
조금은 차가워진 바람에
부슬부슬 내리는 비에

**한번쯤 네가 나를 그리워했으면 좋겠다.**

## 모든 것이 완벽한
## 그날의 기억

버스는 막힘없이 익숙한 거리를 지나 다리를 건넜다.

차창 밖 눈부신 햇살을 바라보았다. 갑자기 눈물이 차올랐다.
너와 함께 걷던, 누가 먼저랄 것도 없이 손을 잡던 거리…….
그리움이 얼굴을 들이밀었다.

아직도 내 마음은 그때의 거리를 걷고 있다.
그리움을 안고 느린 마음으로 나는 너를 지나고 있다.

평소와 다르지 않았던 어떤 날의 기억이
지금 일어나는 것처럼 생생하다.

그날의 향기, 온도와 습도, 네가 내뱉는 숨, 햇살과 바람에 흔
들리던 커튼, 거리의 소음마저 모든 것이 완벽한 그날의 기억.

인생에서 되돌아갈 수 있는 날이 단 하루라도 생긴다면
나는 그날로 돌아가 너와 함께하고 싶다.

## 내 안에 너

우리가 아무 사이도 아니었을 때
나를 너무나도 소중히 바라보던
네 눈빛이 너무 그리워 마음이 저리다.

계절은 반복되고 함께했던 날들의 기억들은
슬금슬금 마음속에 파고들어 나를 흔들어댄다.

그럴 때면 아무것도 할 수 없는 내가 된다.
처음 이별한 날처럼……

내 안에 남겨진 너를
하나도 남김없이 뱉어낼 수만 있다면
나는 아프지 않을까?
가벼워질 수 있을까?

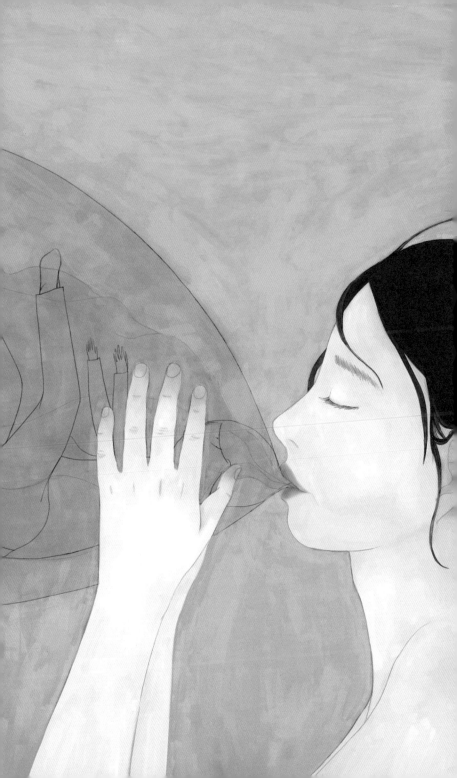

## 지금은 내 곁에 없어도

눈길이 잘 닿지 않는 책장 한편에서 상자 하나를 꺼낸다. 쓱쓱 먼지를 털어내고 천천히 뚜껑을 열면 곱게 접혀 있는 추억들이 눈에 들어온다.

흘러가는 순간을 늘 아쉬워했다. 시간이 흐르면 내 것이 아닐 것만 같은 두려움 때문인지, 순간의 감정을 박제하듯 남겨 영원이 되게 하고 싶은 마음 때문인지, 순간순간을 사진이나 음성파일, 편지 같은 무언가 물리적인 것들로 내 곁에 남기는 게 좋았다.

내게 남겨진 그것들은 언제고 그 순간들의 진심이 담긴 곳으로 나를 인도해주었다. 미화되어버린 기억과는 다르게 남겨진 기록 속에서 미처 보지 못했던 부족한 내 모습을 발견한다. 이제는 온전히 내 것으로 남은 기록들 속에서 그때의 기억을 고스란히 가져와 그리움을 채운다.

곱씹고 곱씹은 여러 추억들 사이 편지 한 통을 집어 든다. 나는 시간이 흘러 손때가 묻어 있는 손편지가 좋다.

손끝으로 글자를 만질 때면 손이 스쳐간 자리
꾹꾹 눌러 적힌 글자,
그 필압으로 느껴지는 사람의 온기.
검게 덧칠해진 흔적으로 짐작할 수 있는 고심의 시간.
포장하지 않은 진심 그리고
지금은 내 곁에 없는 그 사람을
온전히 느낄 수 있는

그 순간의 진심과
그 순간의 진실이 담긴
언제까지나 영원한
마음 한 조각이기에…….

## 마음 한 조각

수많은 나의 조각이
수많은 너의 조각을 찾아낸다.

여전히 지우지 못한 사진과
버리지 못한 기억이 있고

여전히 자리잡은 마음이
이곳에 있다.

조각나버린 지난날을
위태로이 잡고 있는
수많은 내가 여기 있다.

생각도 마음도
너에 대한 기억도
함께한 나날도
의미를 다해버린 말처럼
바스락거리며 부서져 간다.

내게 남겨진 기억들
나누던 말들
함께한 날들
남은 내 마음을
차곡차곡 담는다.

이 모든 것이 넘쳐 나와
다시는 나를 어지럽히지 않길.
그저 고요히 잠들길.
예쁘게 물든 낙엽처럼
아름다웠다.

우리의 지난날.

## 묶인 나날

오지 않을 걸 알면서도 혹여나 놓칠까 손에서 놓지 못하고 잠깐이라도 자리를 비우게 되면 전화가 오지 않을까 초조해했다. 가끔은 메시지 알림이나 전화 벨소리가 들리는 것 같아 달려가기도 했다.

수시로 혹은 때때로
나는 보이지 않는 끈에 묶인 듯
그렇게 옭아매져 있었다.

매일 아침 눈을 뜨면 가장 먼저 전화기를 확인했다.

그 한 번의 전화가 마지막일까 봐…….

## 그런 날

네가 나를 그리워해서
그저 지금이 힘들어서
단지 심심해서

그 이유가 무엇이든
나를 떠올렸다는 그 이유 하나만으로
너에게 전화가 오길 바라는 날이 있다.

전하지 못한 말

하고 싶은 말

아직도 많지만

그것보다도……


네 목소리가 그립다.

# 빛나지 않는 별

사랑이 끝날 때 서로의 마음이 똑같이 끝난다면
얼마나 좋을까…….

마음은 파도와 같아서 잔잔하다가도 해일처럼 막을 수 없을
만큼 거칠게 휘몰아치기도 한다. 더 이상 빛나지 않는 별이
되었다는 것을 알면서도, 더 이상 상대에게 아름다운 사람일
수 없다는 것을 알면서도 놓지 못한 마음이 잔인하리만치 아
프다.

머리로 수백 번 마음으로 수천 번
'보내자.' '보냈다.' 외치면서도
여전히 그 사람의 뒷모습이라도 보고 싶다.
아픈 기억만 안 좋은 기억만 떠올리려 애를 써본다.
그럼에도 사랑은 끝나지 않는다.

이해한다, 이해한다.
놓았던 것을 이해한다.

존중한다, 존중한다.
날 버리고 가는 네 마음을…….

그래서 남은 감정을 혼자서 견뎌낸다.
오늘도 애써본다.
외면한다.
지난날 네 목소리를, 사진을, 편지를, 선물을, 모든 기록들을.

그래도 자꾸만 떠오른다.
그 추억이 그 기억이…….,
함께 나누려던 일들 모두
나에게 각인되어 지워지지 않는다.

너는 내 곁에 없지만 너를 그린다.
너는 내 곁에 없지만 여전히 나는 네 안에 산다.

## 사람의 얼굴처럼 계절도 시간도
## 얼굴이 있는 것만 같다

지난 어느 날과 꼭 같은 느낌의 날씨가 데려오는 추억이 있다.

화창한 창밖의 햇살이 하루 종일 이유 없이 나를 무기력하게
만들었다. 단지 지금 하고 있는 일이 생각처럼 풀리지 않아 그
런 건가 보다 하며 오지 않는 잠을 청하고 또 청하고 청했다.

그러다 새벽녘 약해진 마음은 무심코 테이블에 부딪쳤다는 핑
계로, 기회라도 잡은 듯 기어코 눈물이 터져 나왔다. 한낮의
화창한 날씨가 데려온 너와의 추억으로 다잡아가던 마음이 벚
꽃처럼 흩날렸다.

너와 함께였던 모든 봄의 시간이 흘러가지 않은 채
다시 나를 맞이하려 한다.

행복했던 시간들,
그만큼 아픈 오늘.

눈길이 닿는 거리마다
너와의 기억이 꽃잎처럼 내려앉는다.

내가 아닌 누군가와 함께할 너의 봄이 떠올라
나는 다시 무너져버린다.

모두 잊고자 잠을 청하고, 청하고, 청해본다.
흐르는 기억을 막으려 애써본다.

## 앞으로 또 앞으로
## 가고 있다고 믿었다

나는 괜찮아지고 있다고, 나는 널 조금씩 지워가고 있다고 그
렇게 믿고 싶었다. 거친 비바람이 치는데 왜 자꾸 주저앉느냐
고, 자꾸만 힘내라고, 잘할 수 있다고 꾸역꾸역 나를 밀어가
며, 꾸역꾸역 나를 다그치면서……

그러면서 나는 나를 놓아주고 있다고, 나를 흘러가는 데로 두
고 있다고, 나를 더 사랑해가고 있다고 나는 나를 그렇게 위로
하고 있었다.

그러다 문득 앞을 보는데 내가 정말 앞을 가고 있는 것인지……
자기 연민에 빠지지 않기 위해 나를 더 매몰차게 대했던 나는,
내게 가장 잔인하고 폭력적인 사람이었다.

남겨진 반쪽 사랑으로 많은 길을 걸어왔지만 시간은 그저 흘
러갔다. 길 위에 많은 감정을 흘려보냈다고 생각했지만 갔던
길을 되돌아가 버려진 감정을 주워 담는 나를 보았다.

**나는 잠시 나를 쉬게 놔둬야겠다.**

# 브레이크가 고장 난 마음

텅 빈 마음의 허기를 채우려는 듯 폭식을 일삼았다. 목 끝까지
음식이 차올라도 가실 줄 몰랐던 허기는 무얼 먹어도 채워지
지 않았다. 그래도 내 발은 늘 부엌 앞을 서성였다.

내가 먹은 건 음식이었지만
마음은 그리움으로 더욱 차오른다.

마음이 마음을 먹고
마음이 마음을 먹어서
그렇게 자라만 간다.

그리움이 그리움을 먹고
보고픔이 보고픔을 먹어
끝없이 자꾸만 커져가는 마음을 외면한다.

기억에서도 희미해져가는 네 얼굴을 자꾸만 더듬는다.

'안 된다, 안 된다.'
'아니다, 아니다.'

멈춘 상태에서 나아가지 않고 마음만 커져간다.

더 가보면 정말 아닐 수도 있는데 더 가보지 못해서
참고 참는 게 괜찮아지는 날도 있어서
무뎌지는 건지 잊혀지는 건지 기대해 봐도
불쑥 외면하던 마음이 이렇게 터져 나오는 날엔
어떻게 해야 할지 모르겠다.

너를 위해 아무것도 할 수 없는
무엇도 해선 안 되는
그런 시간이 계속된다.

브레이크가 고장 난 자동차처럼
멈추지 않는 마음은 계속 너를 향해 가고 있다.

## 그저 나는 네가 보고 싶다

감정이 나를 집어삼킨다.

이성도

현실도

한순간에 사라져버린다.

## 내 사랑은 그렇다

흘러나온 노래 가사가 겨우 잠잠해지던 내 마음을 건드린다.
내가 만든 감정의 소용돌이 안에서 나는 살아남으리라 다짐한
다. 감정을 잠재워야 하는 수많은 이유를 떠올리고 그것은 단
지 호르몬의 변화일 뿐이라고 여겨본다.

마음에 아로새긴 듯 잊히지 않는 기억들은 이리도 지워지지
않고 불쑥 나를 찾아와 덜컥 이유 없이 눈물 나게 무기력하게
한다.

이유도 모른 채 그저 힘없는 날들이 이어진다.

그렇게 탁 머릿속의 끈을 놓아버리고 한바탕 울고 나면
이유를 인정하지 않고 회피했던 내가 보인다.

감정이 나를 삼켜 이유가 보이지 않을 때도
그 이유를 알게 되었을 때도
그저 시간이 흐르길 기다릴 수밖에 없다

포기가 아니라
인내이고 최선이며 배려이다.
내 사랑은 그렇다.

마음대로 내 감정을 너에게 휘두르며
너를 아프게 하거나 괴롭히고 싶지 않다.

나는 너를 사랑하겠다
그렇게 너를 잊어가겠다

네가 나를 다시 떠올리진 않겠지만

다시 떠올리는 날이 온다면

나는 네게 아름다운 사람이고 싶다.

그러기에 묵묵히 견디겠다고 다짐해본다.

# 이별의 재구성

어떤 것을 만들어내기 위해 인내해야 하고
만들어진 것을 지키기 위해 인내해야 하고

깨진 것을 버리기까지 견뎌내야 하고
아무렇지 않아지기까지 견뎌내야 한다.

세상은 시간으로 벌을 내리는 것인지도 모르겠다.

기다리고 또 기다리는 것.

평온함이란, 그저 흘러가야 무뎌지는 것이 아닌

무수한 노력 끝에 맞이할 수 있는 것 같다.

## 예쁜 꽃

가슴에 자라나던 예쁜 꽃이 있었다.

가끔은 양분이 메마르기도 넘쳐나기도 했다.

시들시들하기도 했고

어느 때보다 아름답기도 했다.

나는 아주 오래 내 삶의 중심이던 꽃을 잘라내었다.

## 나는 아직 네가 아프다

온기가 빠져버린 차가운 목소리.
냉기가 흐르던 눈빛.
짜증과 무감정이 묻어나던 얼굴.

마지막인 걸 알면서도 무슨 말을 해야 하는지
갈피를 잡지 못했다.
평소와 같던 말들이 의미 없이 사라져 갔다.

온기를 나눴던 손이 죽은 나무를 잡고 있듯 뻣뻣했다.
참으로 뻣뻣했음에도 놓고 싶지 않았다.
결국 너는 내 손을 뿌리쳤다.

조금이라도 더 많이
너를 내 눈에 담고 싶었다.

나의 무엇이 너를 이렇게 만들었을까?
우리의 지난날이 허공에 흩어졌다.

## 시간이 흘러도
## 마음은 기억한다

아무리 지난날이 아름다웠다 되새겨도
문득 그날의 상처가, 그날의 아픔이
고스란히 느껴지는 때가 있다.

시간이 흐를수록 기억은 아름답게 변해도
추억이 색색이 고운 빛깔의 옷을 입어도

가슴은 그날의 아픔을 기억한다.

## 서로의 시선

우리는 함께였지만

서로를 바라보는

각자의 시선 안에서

서로를 사랑했던 것 같다.

## 미련하게도 여전히

더 이해해주지 못한 나를

서로를 더 지켜보지 못한 우리를

나보다 소중한 게 많았던 너를

나는 원망하고 있다.

# 한 철 피는 꽃,
## 옛 연인

한 철 피는 꽃을 바라보는 것처럼 그렇게 너는 왔다 가곤 했다.

한껏 바라보다가 지는 꽃을 안타까워하면서도 돌아오는 계절
이면 만날 수 있는 것처럼 한 철 네 마음을 풀어 내어놓고는
아무 일 없었던 것처럼 네 삶을 살아가곤 했다.

그렇게 몇 년 만에 걸려온 전화로
겨우 고요해지던 마음은
다잡아가던 마음은 던져진 돌 하나에
끊임없는 파문을 일으키듯 일렁였다.

서로의 현실에 스며들 수 없는
더 이상 다음을 기약할 수 없는
이미 지난 사랑,
옛 연인.

언제든지 마지막일 수 있기에
매 순간 가슴 졸이며 기다렸다.

너와의 연락이 익숙해질까 봐 겁도 났지만
네가 내게 가진 지난날의 미안함과
네 삶의 무거움을
잠시라도 덜어주고 싶었다.

너의 행복을 빌던 내 마음은
다시금 맞이해야 하는 이별 앞에서
가볍지 않은 시간을
지독한 아픔으로 견뎌야 했다.

새벽녘 내게 털어놓은 네 마음은
잠들지 못하는 밤을 선물했고

그렇게 잠들지 못하는 마음은
삶을 어지럽히곤 했다.

## 던져지는 마음

이별하고 몇 해가 지난 날. 상처가 아물어갈 때쯤의 네 연락은, 이제 와 생각해보면 나에 대한 미련도 지난날의 그리움 때문도 아닌 그저 감정의 찌꺼기를 배출해내기 위해서였던 것 같다. 여러 가지 감정들이 뒤섞여 뱉은 네 말은 나를 향한 원망이기도 지난날 자신의 상황에 대해 털어놓는 고백이기도 했다.

모두 훌훌 털어내고 다시 시작하자는 건지 헷갈려하던 작은 희망은, 다시금 예전의 나로 돌려놓았다. 지난날의 후회와 아픔이 물밀 듯이 밀려왔다. 연락이 반복될수록 네 말 속에는 아무 의미가 없다는 걸 알았다. 그 사실이 나를 더 아리게 했고 비참하게 만들었다.

그냥 넋두리,
아무 의미 없는 지난 감정.

던져지는 마음은
늘 아프다.

## 추억은 되씹을수록
## 단맛은 빠지고 쓴맛은 진해진다

이미 죽어버린 사랑이라는 것을 알면서도
따뜻이 품고 오래 보듬으면
다시 살아날 것만 같아
꽤나 오랜 시간을 머물렀다.

끊임없이 아픔과 그리움을
때로는 원망을 끄집어냈다.

아파하고 그리워하고 원망한 만큼
마음도 멀어지게 되었다.

너무 오래 이곳에 머무른 것일까?
너를 향한 그리움이 원망으로 변해갔다.
나를 자책하고 원망하는 날이 많아졌다.
몸과 마음이 이유도 모른 채 앓았다.

지난날의 사랑을 자꾸만 그리워하는 내가 밉다.

# 한 걸음 멀어지다

어디로 가야 할지
어떻게 해야 할지

하늘과 바다의 경계가 모호한 광활한 바다를
나 홀로 표류하는 느낌.

네가 없는 세상은 너무도 크고 막막해서
사방을 둘러보아도 눈이 시리도록
푸른 바다와 하늘만이 존재하는 것 같았다.

수많은 인연의 실이 얽히고설켜 있지만
내 인생을 함께할 이는 너이기를 바랐다.

얇디얇은 실 한 가닥을 잃어버렸을 뿐인데
모진 비바람과 거친 파도,
뜨거운 태양도 이겨낼 수 있었던
나는 한순간에 무너져버렸었다.

시간은 흘러 저만치 달려가는데
내 마음을 갈피를 잃었다.

많은 시간을 이미 지나버린 시간 속에 살았다

더는 함께할 의지가 바닥 난 사랑이라면
이별은 서로를 위한 결정이었음을…….

어느 한쪽이 잡고 있은들
사랑이 아닌 욕심이라는 것을 알면서도

우리는 서로가 아니어도 각자 아름다울 수 있고
사랑하고 사랑받을 수 있는 사람들임에도

네가 아니면 안 된다는 내 마음은
너를 붙들고 나를 병들게 했다.

가끔 사랑은 참 무섭다.

서로를 아프게 한다.

## 나는 이제 지난날의 나와
## 이별하려 한다

여전히 광활한 이별의 바다를
표류하고 있지만
나는 여전히 꿈꾼다.

가슴에 따듯한 말을 지닌
나를 소중하게 여기는
내 인생을 함께할 사랑을.

## 수많은 인연들

현실에서 멀어지고 싶을 때가 있다.

나는 조금 더 혼자이고 싶다.

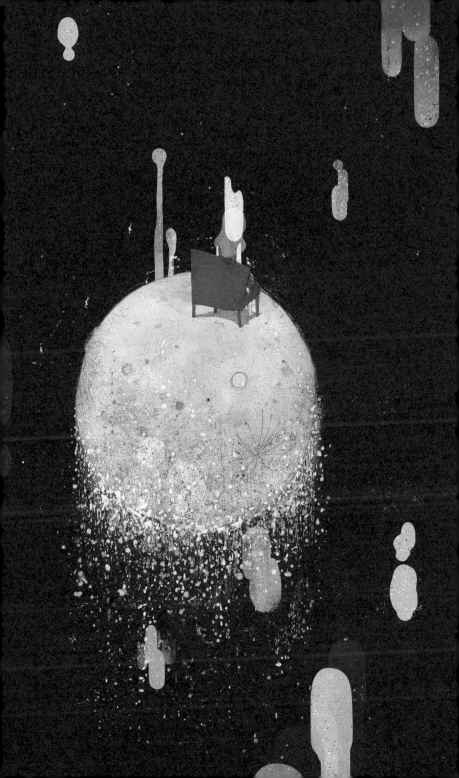

## 나를 돌볼 시간이 필요하다

이따금 우리는 모든 것을 떠나 자신을 오롯이 대면해야 한다.

누군가의 딸, 아들, 엄마, 아빠……
어느 학교에 다니든
어느 회사에 다니든

나에게 부여되는 많은 이름을 내려놓고 싶을 때가 있다.

모든 걸 벗어나 그저 그냥 나이고 싶을 때가 있다.

## 나를 떠나다

현실의 모든 나를 내려둔 채
또 다른 나를 만나고 싶어서였는지,
지난 일들을 모두 잊고
현재의 나를 더 깊이 느끼기 위해서였는지…….

여행의 마지막엔 허무함이 가슴 가득 채워질지라도
비어버린 가슴에 무엇이라도 당장 채워야만 했기에
나는 떠나지 않고서는 견딜 수가 없었다.

나에게 주어진 의무에서 벗어나
나에게 주어진 책임에서 멀어져

나를 추스르기 위해 현실로부터 달아났다.

## 방향을 잃었을 땐

여행 가방에는 그림 그리는 도구들이 더 많았다. 삶의 모든 것을 내려놓고 떠나려고 했지만 언제라도 일할 수 있도록 그림 도구를 챙기고 나서야 편안히 잘 수 있었다.

나는 정말 모든 것을 훌훌 털고 떠나고 싶긴 했던 걸까?

어쩌면 삶은 여행 가방과 같다. 등에 짊어지고 갈 수 있는 가방의 크기는 정해져 있다. 그것에 무엇을 담고 덜어낼 것인지 선택해야 한다.

삶은 생각한 것과 다르게
때때로 방향을 잃거나 헤매기도 한다.

그럴 땐 더하기가 아닌 빼기.
내려놓기, 덜어내기.

무엇을 선택하든 무엇을 내려놓든
돌아오는 길에 나 자신만은 가득 채워올 수 있길……

# 밤은 거칠고도 고요한 숨을
# 뿜어내고 있었다

길지 않은 여행이었음에도 나는 수없이 망설였다. 많은 구실
과 변명들로 여행에 대한 설렘과 간절함은 점점 빛을 잃었다.
일을 끝내자 몸은 지쳐 있었다. 오한으로 몸을 떨었다.

나는 겁이 많아서 비행기를 타지도 자동차를 운전하지도 못한
다. 어쩔 수 없이 대중교통을 이용해야 하는데 길눈은 어두웠
고 홀로 여행하는 것을 경고라도 하듯 뉴스에서는 세상의 흉
흉함을 연일 보도했다.

'지금이 아니면 언제 갈 수 있을까?'라는 생각과 '나중에 떠나
고 싶을 때 떠나면 되지 않을까?'라는 생각 사이를 오갔다.
떠날 용기도 떠나지 않을 용기도 없었다.

기차표를 끊어놓고 머물 숙소를 예약하지 않았던 것도 언제든
취소할 수 있음을 염두에 둔 것이었다.

그 누구와도 연결되지 않은 곳으로
나는 이별과 이별하기 위해
새로운 기억으로
지난날을 덮기 위해 길을 떠났다.

기막힌 비경도 대단한 일도 없었지만
나는 이전과 달라져 있었다.

그것만으로도 나는 위로가 되었다.

마음 둘,
나의 찬란한 밤

# 저녁 같은 하루

해 질 무렵 동네 여기저기에서
아이들의 이름이 불리면
아이들은 하나둘 집으로 돌아갔다.

엄마는 바빴고
나는 마지막까지 홀로 남겨졌다.
나는 내 이름이 불리길 기다렸다.

하늘이 어스름한 푸른빛을 띄우고서야
터덜터덜 집으로 돌아가면
이제 들어왔냐며 아버지는 크게 혼을 냈다.

그 시절 아버지의 불호령이 무서워서였는지
내 이름이 끝내 불리지 않던 쓸쓸함 때문이었는지
뿔뿔이 흩어져야 했던 친구들과의 이별 때문이었는지

어른이 된 지금도 나에게 저녁은
밤보다 어두운 쓸쓸함을 안겨주곤 한다.

오늘은 참 저녁 같은 하루이다.

# 외로운 날

그런 날이 있다.

의미 없는 말이라도 마구 쏟아내고 싶은 날.
무슨 말이라도 나누고 싶은 날.

그저 안부 인사라도 건네 볼까
연락처를 한 칸씩 내려 보며
지금 나는 외롭다는 것을 알게 되는 날.

허한 마음이 하루 이틀 이어지는 날.
그냥 사람이 그리운 날.

누군가에게 향하는지도 모르는 그리움이 내려앉아
다정한 인사 한마디 때문에
사랑에 빠져버릴 것만 같은 무작정 사람이 그리운 날.

마음 향할 곳을 찾지 못해
환한 화면 속 세상이 까만 밤처럼 내려앉는 날.

## 그런 하루

잔잔한 바람이 가슴을 후벼 파고

물기를 품은 공기는 숨쉴 때마다

몸을 무겁게 만드는 것 같은

그런 하루.

마음을 따라 춤추다

마음에 지쳐 쓰러진다.

어린애같이 엄마가 보고 싶어서

눈물이 난다.

# 눈물

내 마음이 너무 좁아져
나조차 들어갈 여유가 없는 날이 있다.

그런 날이면
너그러이 넘길 수 있는 말도
너그러이 넘길 수 있는 일도

속상한 마음과 화가 뒤섞여
울컥하고 눈물이 난다.

사소하고 작은 것들이
쌓이면 작지 않은 이유가 된다.

모두가 미워지고
예민해진 나조차 미워질 때

눈물은 명약이다.

## 나의 못난 생각

한없이 못난 마음이 고개를 들 때면
쏟아지는 비에 몸을 맡기고 싶어진다.

몸을 타고 흐르는 것이
눈물인지 빗물인지 구분할 수 없을 만큼
흠뻑 내리는 비를 맞고 나면
내 안 가득 흘릴 수 있는 모든 눈물을
모두 흘려보낸 듯 가벼워질 것만 같다.

나의 못난 생각
나의 못난 마음
모두 비에 씻겨 내려
새로이 태어나면 좋겠다.

## 마음이 쏟아져 내리는 밤

말로 표현하는 것조차 힘들어
그저 울고 싶어지는 날.

나만큼 다른 이의 마음도 무거울 것 같아
하고픈 말을 자꾸 삼켜내도

말할 수 없었던 일들이
내겐 큰일인 것만 같아

울컥 눈물로 내 마음을 쏟아내는 밤.

# 일기장

지난 일에 대한 후회와
치기 어린 생각들.
그런 정제되지 않은 마음들이 뒤섞여
뒤죽박죽인 외침.

오롯이 나의 내면을 들여다볼 수 있는
어느 누구도 나를 판단하지 않을
지극히 개인적인 공간에 나를 쏟아내며
나는 나에게 위로받기도 했다.

굳이 정리하지 않아도 되는 그곳에
수많은 나를 남겨두고
마음을 다 쏟아내고 나면
나는 다시 살 수 있었다.

## 오늘은 유난히 힘든 하루

서로의 어깨에 나눠가질 수 없는
무거운 짐도 있다.

상대의 감정을 받아주는 것이 힘들지 않도록
나눠가질 수 없었던 마음은
나만의 공간에 쏟아내어
감정을 있는 그대로 흘러갈 수 있도록
바라봐 주는 당신이 되기를.

그런 당신을 가장 이해하고
안아줄 수 있는 당신이 되기를.

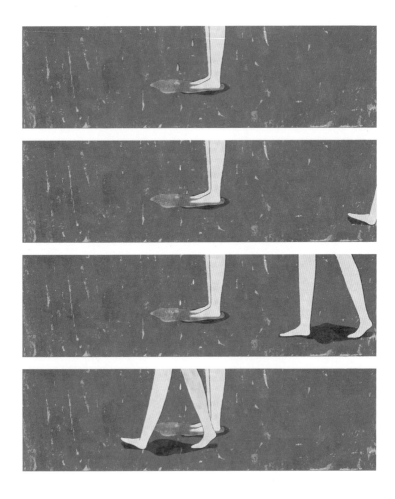

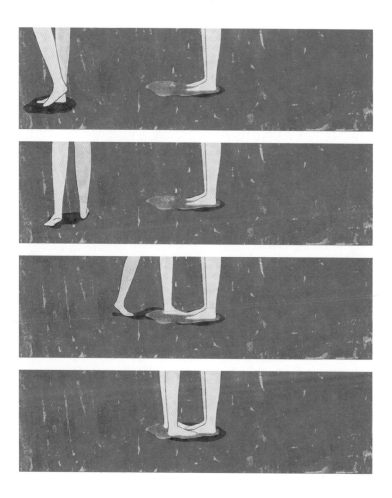

## 안녕, 나

"미안, 이젠 널 외면하지 않을게."

삶이 버거워 너무 지치는 날엔
바쁘다며 외면하고
감정 소모라며 외면했던
내가 쏟아져 나온다.

그럴 때면 따듯한 품이 지독히 그리워
나라도 나를 안아주고 싶다.

나에게라도 기대어 울고
위로받고 싶다.

그렇게라도 나를 다독여
다시 일어나게 하고 싶다.

## 유리 같은 투명한 마음은
## 쉽게 부서진다

사람이 어려웠던 나는 한없이 누군가와 멀어지고 싶어 하면서도 누군가의 인정을 받기 위해 애썼다. 그것이 내 존재 가치라도 되는 듯이 누군가의 사소한 반응에 쉽게 흔들렸다.

들키지 말아야 할 감정을 들켜 다치기도 했다. 감정이 드러나는 줄도 모르고 감정을 드러내는 것이 수줍고 부끄러워 마음을 들키지 않으려고 속마음과 다른 표현으로 타인을 멀어지게 만들던 나는, 서툰 사람이었다.

그림을 그리는 삶이란 개인적이지만 개인적이지 않는 삶들의 홍수 속에서 사는 것과 같다. 내가 모르는, 나를 모르는 누군가에게 나를 보여주는 것이 다른 사람의 마음에 들거나 마음에 들지 않아 표적이 된 적이 많았다. 그게 무서웠다.

## 존재 없는 존재

때때로 사람들은 상대에 대해 기대한다. 각자가 가진 그 기준에 따라 실망해 떠나기도 한다. 그 모습이 그 사람의 모든 면인 것처럼 판단해 비방하기도 한다.

끊임없이 나를 드러내며 살아야 하면서도 훤히 드러난 나의 모습을 감추고 싶었다. 단절된 소통을 바라는 모순적인 마음 때문에 끝없이 갈등하며 많은 날을 아파하고 흔들렸다.

마음의 소리에 귀 기울이기보다 타인의 시선으로부터 숨기 바빴다. 나는 나를 돌보기보다 타인에게 친절한 사람이고 싶었다. 내가 없는, 존재가 없는 존재가 되는 게 편했다.

그렇게 나는 누군가의 시선이 무서워
나를 더욱 안으로 묻어두곤 했다.

# 우리는 결핍을 통해
# 성장할 수 있다

부족한 모습을 드러내는 것에 두려움이 있었다.

나를 진정 사랑하지 않았다.

나는 평가의 잣대로부터 벗어나

있는 그대로의 내 감정과 나를 사랑하고 싶다.

# 깨지지 않는 보석

나 또한 다른 누군가의 한 가지 면만 보고
그 사람을 판단하고 있는 건 아닌지
엄격한 잣대를 두고 평가하고 있는 건 아닌지
나의 시선과 생각도 늘 점검해야겠다고 다짐한다.

얼마나 솔직해야 하는지
얼마나 숨겨야 하는지 알 수 없다.
하지만 조금 더 좋은 것들로 나를 채우고 다듬고 싶다.
투명하게 빛나지만 쉽게 깨지지 않는 보석이 되고 싶다.

## 나는 좀 더
## 나에게 좋은 사람이 되고 싶다

사람의 마음은 집과 같다.

한동안 들여다보지 않으면 켜켜이 먼지가 쌓이는 것처럼
눈길이 닿지 못했던 곳에 참 많은 것들이 내려앉았다.

'참 오랫동안 내가 내 마음을 돌보지 않았구나.'

나를 더 들여다보고 안아주는 내가 되고 싶다.
훈훈하고 아늑하여 오랫동안 머무르고 싶은 집처럼

내 마음을 가꾸고 싶다.

좀 더 나에게 친절한
좀 더 나를 좋은 방향으로 이끄는

나는 나에게 좋은 사람이 되고 싶다.

## 걱정과 불안을 잘라내기

나 지금 잘하고 있는 걸까?
여태까지 해온 것이 아까워서 계속 하고 있는 건 아닐까?

종종 의미를 찾을 수 없는 날들이 찾아오곤 한다,
그렇게 잠 못 이루는 날에는 손톱을 자르곤 한다.

그저 손톱을 자를 뿐인데도
부정적인 생각과 불안한 마음이 잘려나간다 생각하면
왠지 모를 안도감이 든다.

길을 가다 몇 번씩 확인해도
이따금 삶은 확신이 없다.

하룻밤이라도 아무 생각 없이
걱정을 내려놓고 잠들어도 괜찮지 않을까?

내일은 다시 열심히 살아갈 테니까.
그러니 모두 편히 잠드는 밤이 되길…….

# 잠시, 쉼

때때로 열심히 노력해도
결과가 좋지 않을 때가 있다.

치열한 경쟁 속에서 인정받기 위해 달리는 삶.
여러 가지 평가의 잣대.

결과가 좋지 않더라도 실패한 것은 아니다.
중요한 것은 나도 잘했다는 것이다.

결과를 내기 위해 포기하지 않고 달렸다는 것.
어제보다 성장한 내가 있다는 것.

**나는 잘해왔다. 잘했다.**

지금은 중심을 잃지 않기 위해
긴 호흡이 필요한 때.

열심히 달려온 나
오늘은 잠시, 쉼.

# 이미 충분한 나

어제와 오늘 그리고 내일이 잘 보이지 않는다.

열심히 하는데 세상에는 잘하는 사람이 너무 많아
저절로 고개가 숙여지고 잘 해낼 자신이 없다.

내가 가고 있는 길을 계속 가도 되는 건지
흔들리는 날들이 이어진다.

잘 넘어지고 일어나는 데 오래 걸리는
한발 나아가기보다 현실을 외면하며 머물 때가 많은

그런 느린 나를
나는 참 많이도 다그쳤다.

잘 해보려고 열심히 해보려고 애쓰는 나를
어떻게든 계속 삶의 의미를 찾고자 하는 나를

지금, 여기에
내가 존재하는 것만으로도

이곳에 있어야 하는 이유이며
의미임을 미처 알지 못하고

나의 앞날에 어떤 일이 기다릴지는 몰라도
성과와 상관없이

그저 존재하는 것만으로도 충분한 나이기를.
그저 나를 응원하고 사랑하는 내가 되기를.

나의 존재가 삶의 이유이자
의미임을 잊지 말기를.

나는 이미 충분하다.

# 빛 없는 터널

버텨낼 자신이 없었다.
나는 나의 나태함을 꾸짖기도
게으름에 변명하기도 했다.

겨우 숨만 쉬며 사는 건지
그저 살아지는 건지 모른 채

하루 또 하루
오직 하루만을 살았다.

더는 무너지는 것이 겁이 나서
나를 위로하는 것조차 지쳐서

많은 것을 놓아버리고
홀로 멈춰 서고는

흘려보낸 척
흘러가는 척 했다.

## 빛나는 나의 모든 걸음

덧없는 삶을 살아가는 것만 같아서
실수와 실패의 날들을 돌아보니

지금의 나를 여기까지 이끌어온 나의 어제
그리고 나의 오늘이 빛나고 있었다

어릴 때의 작은 한 걸음이 지금의 길이 되기까지
수많은 넘어짐이 있었단 사실을 모르고

작은 발걸음을 덧없이 여기며
빛 없는 터널 속을 끝없이 걷는 것 같다고 생각했다.

오늘의 나를 자책하지 말고
오늘의 나를 이끌어낸
오늘의 더딘 발걸음
오늘의 쉼
오늘의 생각들
모두 빛나고 있음을 잊지 말자.

작은 발걸음에 힘을 실어
하루하루 반짝이는 삶을 살자.

당신이 내딛는 모든 걸음이 헛되지 않음을
지나온 걸음걸음마다 빛나고 있음을 잊지 말자.

# 좀 더 여유 있는 삶

타인이 세워놓은 기준점에 나를 비교했다.

다른 이보다 뒤처질 때면
불안과 더불어 괜한 질투와 시기가 찾아들기도 해서

나는 나를 한없이 초라하게 느끼기도 했고
나 자신을 조급하게 만들기도 했다.

다급함은 누군가의 기대에 부응하기 위해
떠밀리듯 원하지 않는 선택을 불러오기도 했다.

그래서 더욱 내가 하고자 하는 일에 인정받기 위해
한계점을 넘어설 만큼 나를 내몰았다.

삶이란 상대적 박탈감에서 벗어나는 순간
행복해지는 것인지도 모르겠다.

타인의 시선은 물론이거니와
타인과의 비교에서 비롯된 나의 잣대에서까지

온전히 독립된 존재가 되었을 때
행복은 좀 더 가까이 다가온다.

언젠가 방향을 잃는 날이 찾아오더라도
자신만의 시선으로 세상을 바라보며

좀 더 여유 있는 삶을 살게 되길 나는 바란다.
그리고 그런 나를 응원하는 내가 되었으면 좋겠다.

마음 셋,
한 걸음 또 한 걸음

# 막다른 벽

인생이 갑자기 막막해질 때가 있다.

지난 시간 나는 손쓸 수 없을 만큼 아프지 않으면 멈출 줄 몰랐다. 설익은 밥을 허겁지겁 먹는 것마냥 깊은 고민보다는 결과를 내기에 급급한 시간을 보냈다.

숨이 막혔지만 가끔은 무언가 이뤄 나가는 것에 대한 뿌듯함도 있었다. 목표를 향하는 것 말고는 답이 없을 것 같던 인생의 선택지 앞에 갑자기 거대한 벽이 나타난 순간, 많은 생각들이 나를 휘감았다.

그동안 나의 선택지에서 이런저런 이유들로 밀려났던 중요한 것들이 하나씩 보이기 시작했다.

# 누구에게나 다듬어져야 할
# 시간은 필요하다

지난날 선택이 후회되고
더 갈 수 없음이 안타깝다.

아쉽지만 그것이 지금의 상황과
나를 바꿀 수 있는 것은 아니기에

내가 할 수 있는 다른 노력은 무엇인지
나를 다듬을 수 있는 것에는 무엇이 있는지

나 자신에게 부족했던 것들
하고자 했던 것들

그리고 돌보아야 하는 것들을
하나하나 다시 들여다본다.

새로운 나로 거듭나기 위한

잠시 멈춤.

# 끝이 아닌 잠시 멈춤

때때로 막다른 길은 기회가 되기도 한다.
삶에서 어떤 결과가 나오든 인생의 끝은 아니다.

선택의 결과도 결국 삶의 과정일 뿐이다.
결과 뒤에도 나의 삶은 계속된다.

한 번 넘어졌다고 해서
또다시 넘어지지 않는 것도 아니다.

다만 좌절이 찾아왔을 때
자신을 추스르고 다듬는 시간에 기꺼이 머무르자.

# 가벼워지기

자존감이 낮았던 나는 작은 실수에도 나를 보잘 것 없는 사람으로 만들곤 했다. 나 자신을 작은 사람으로 만들면서 질책은 크게 했다.

인생은 어쩌면
나를 찾는 과정인지도 모른다.

어떤 스타일이 나를 더 돋보이게 할 수 있는지, 어떤 음식이나 책, 영화를 선호하는지, 사랑 역시 어떤 사람을 만났을 때 내가 더 행복할 수 있는지 말이다.

그것들을 알기 위해서는 많은 시간을 들여 여러 가지 경험을 하며 시행착오를 겪어야 할 수밖에 없다. 때로는 많은 시간을 허비하며 실수와 실패를 맛보아야 한다. 그런 과정에서 우연히 행복을 찾을 수 있다.

일도 꿈도 사랑의 실패도, 옷이나 영화 선택이 실패한 것처럼 자책의 무게가 가벼워진다면 좋겠다.

## 넘어질 때가 더 많지만
## 멈춰설 때가 더 많지만

노력했지만 잘되지 않을 때도 있다.
다시 도전하는 게 두려워 하기 싫을 때도 있다.

하지만 지난 일에, 지난 실수에 꽁꽁 매여
아무것도 할 수 없는 불행한 사람이 되지는 말자.

그 무엇도 그 누구도 아닌 내가
나를 불행한 사람으로 만들지 않도록

힘든 시간이 이어지더라도
속단하여 나를 가두지는 말자.

넘어질 때가 더 많지만
멈춰설 때가 더 많지만

나의 선택과
그 결과에 너그러워지자.

## 수많은 길

인생에 정답이라는 것이 있을까?
저마다 다르겠지만

정답을 향한 수많은 길 가운데
내가 있다고 믿고 싶다.

힘들고 지치는 순간이 와도 그때마다
조금씩 행복을 꺼내먹을 수 있으면 좋겠다.

# 꿈에 더 자주 도달하기

두 달 전 교통사고를 당했다.

치료받으러 다니느라 그림 작업은 못하고 이미 그려놓았던 글과 그림을 정리했다.

병상에 누워 있으니 이상하리만큼 현실에 대한 걱정과 염려를 참 쉽게 내려놓을 수 있었다. 바꿀 수 없는 미래를 걱정하기보다 그저 지금을 사는 방법, 그리고 걱정하지 않고 아무 생각 없이 지내는 방법을 알게 되었다.

통증 때문에 편히 잘 순 없었다. 즐겁거나 자유로운 시간은 아니었다. 하지만 쉴 새 없이 생각하고 걱정하는 삶에 겨울방학이 온 듯했다.

병원 생활은 나에게 어쩔 수 없음을 가벼이 받아들이는 계기가 됐다.

# 어쩌면 꿈은 멀리 있는 게 아니다

몸이 아플 때면 이런 생각을 하게 된다. '인생에 무엇을 얻게 되든 그것에 따른 대가가 있구나.' 때론 얻는 것보다 지불하는 대가가 더 크다고 느낄 때도 있지만 병상에서의 시간은 나를 변화시켰다.

**어쩌면 꿈은 멀리 있는 것이 아니라고 생각했다.**

나에게는 어린 조카가 둘 있다. 한 명은 이제 세 살이 되었고, 다른 한 명은 일곱 살이 되었다. 일곱 살 조카의 처음 꿈은 다름 아닌 공룡이었다.

시간이 흘러 조카의 꿈은 소방관이었고, 지금은 다른 꿈을 가지고 있지만…… 조카를 보며 나도 어느 순간부터 어떤 직업, 어느 직장 같은 걸로 꿈을 틀에 가두고 있던 건 아닐까 생각했다.

그래서 요즘은 매일 소박한 꿈을 꾸려고 노력한다.

'오늘은 비가 왔으면 좋겠다'라든가 혹은 '오늘은 좋은 노래를 발견하게 되면 좋겠다'라든가 '오늘 그리는 선은 좀 더 능숙해 졌으면 좋겠다.' 같은…….

나는 이제 일상의 사소한 행복에도 기쁨을 느낀다.

멀리 있는 꿈 때문에 삶이 어지럽다면
하루하루의 소박한 꿈을 이루며
목표에 가까워지는 하루를 살아보는 것.

모두가 매일 꿈꾸고
꿈에 더 자주 도달하는
행복한 삶을 살 수 있다면 좋겠다.

## 소소한 성취

목표를 이루려고 하면 할수록 좌절감이 들며
자꾸 미루고 피하게 되는 일들이 있다.

죽이 되든 밥이 되든
성실한 마음으로 버텨낼 수도 있지만

그동안 회복할 수 없을 만큼 지치게 되고
우울해지기도 하여 더 많은 시간을 낭비할 때도 있다.

너무 무거워진 목표를 끝까지 잡고 있는 것보다
가끔은 그 목표를 내려놓고 조금 돌아서 가보는 건 어떨까?

오늘 할 수 있는 작은 목표들을 하나씩 이루어
소소한 성취감을 느끼고

덩달아 나도 모르게 쌓인 실력으로
훨씬 더 성장한 나를 만나고 싶다.

# 마무리의 중요성

한참을 앞을 향해 나아간 것 같은데 시작보다 더 목적지에서 멀어진 느낌이 들 때가 있다. 마음먹고 산 책의 앞장만 열심히 봤던 것처럼 시작에만 나의 흔적들로 가득했다.

버릴 수도 없는 것들이 뒤죽박죽 뒤엉켜 어떻게 해야 좋을지 몰라서 잡았다 놓았다. 머리도 마음도 어지럽히는 무거운 짐들이 하나둘씩 쌓여갔다.

그렇게 어영부영 시간을 흘려보냈다. 새해가 오면 늘 그렇듯 이루지 못한 일, 미루고 미룬 일, 지키지 못한 약속 등을 다시 출발 지점으로 찍고 새로운 시작이다, 다짐하곤 했다.

달력의 시작과 끝을 마치 내 인생의 시작과 끝처럼 여기기도 한 것 같다. 하지만 무언가를 이뤄야만 끝을 맞이할 수 있는 것은 아니다. 조급함을 내려놓는 것으로도 끝을 정할 수도 있다.

## 시작에도 많은 용기가 따르듯
## 끝에도 많은 용기가 따른다

나를 괴롭히는 일을 그만두려면
작은 용기가 필요하다.

물리적 시간보다 자신만의 시간으로
어제를 생각하지 않는 오늘을 산다면
내일을 생각하지 않는 오늘을 산다면

매일 새로운 마음으로 맞이하는 오늘은
조금 가벼워지지 않을까?

용기 있는 내려놓음으로 비워내는 삶.
처음과 같은 뜨거움은 아닐지라도

미룬 일을 다시 시작하고
작은 것부터 이뤄내는 끝이 쌓여갔으면 좋겠다.

새로울 것은 없지만 언제든 새로울 수 있는
그런 삶을 살고 싶다.

## 선택보다 어려운 것은
## 선택을 지속하는 것이다

어떠한 선택을 이어가기 위해서는
끊임없이 자신의 생각과 싸워야 한다.

선택의 결과가 어려움을 안겨줄 때마다
불쑥불쑥 약한 마음이 고개를 내민다.

선택을 이어가는 것은
참으로 어렵다.

그것이 꿈이 되었든
일이 되었든

사람들과의 관계
혹은 배려나 믿음, 사랑 같은 감정이 되었든

노력 없이는
선택을 지속할 수 없다.

# 빛은 내 안에 있다

생각처럼 그림이나 글이 잘 정리되지 않는 날. 나는 쉽게 자괴감에 빠지곤 한다. 그러면 책상에 앉는 것도 피하게 되고 텔레비전을 보며 누워 있어도 쉬는 것 같지 않은 무거움에 짓눌려 있곤 한다.

결국 그것을 대면하지 않는 한 달라질 게 없다. 완전히 버리거나 새로 하거나 끝날 때까지 잡고 있어야 한다. 종종 삶의 어려운 선택을 피하기도, 힘든 일로부터 도망치기도 하지만 내가 다시 돌아올 곳은 결국 내 삶의 자리이다.

그 짐을 내려놓고 자유롭게 살고 싶다면
결국은 내가 넘어서야 한다.

그것이 내 몫이다.

## 최선을 다하는 사람

이루고자 하는 일에 포기하지 않고 열심히 하는 이유는
나 자신에게 변명하고 싶지 않아서다.

모든 선택이 최고의 결과를 가져올 순 없겠지만
모든 선택에 최선이고 싶어서이다.

삶에서 도망치더라도 쉬어가더라도
넘어지더라도 후회하더라도

다시 돌아와 나를 믿고
최선을 다하는 사람이고 싶다.

지금의 힘듦을 이겨낼 빛은
내 안에 있음을 잊지 말자.

# 현실의 무게를 잘라내는 훈련

무언가를 시작하고 도전할 때
현실에는 온통 넘어야 할 장애물만 보이고
현실보다 꿈의 힘이
너무나도 작은 것처럼 느껴질 때가 있다.

하지만 수많은 현실의 무게를 내려놓고
작은 희망의 끈이라도 놓지 않고
계속 한 걸음 한 걸음
느리더라도 나아가고 싶다.

'무겁다, 무겁다.'
볼멘소리 말고
'하고 싶은데, 하고 싶었는데⋯⋯.'
변명은 저 멀리 밀어내고

삶의 조급함으로
꿈을 향한 끈을 하나씩 놓기보다
나와의 약속을 지키는 사람이 되고 싶다.

# 지나온 시간

결과에 따라
삶의 가치를 정하는 삶을 살았다.

맛있는 음식을 먹을 때의 즐거움은 금세 잊고
늘어난 뱃살과 허벅지 살에 대한 후회만 남았다.

사랑은 이별로 퇴색되어
두려움만이 잔뜩 남았었다.

창작하는 즐거움과
작품으로 누군가와 소통하는 순간의 행복 역시

경제적 보상에 따라
의미와 그 색이 달라지곤 했다.

행복했던 순간들조차 결과에 따라 의미를 잃어버리곤 했다.
지나온 시간을 저평가하며 허무해했다.

## 끝에 다다르는 시간

내가 어떻게 바라보느냐에 따라 삶의 의미는 달라졌다.

잃는 것보다 얻는 것에 집중하니
도전은 새로운 나를 발견하는 경험이 되었고
실패는 나를 보완하고 다듬는 기회가 되었다.

사랑은 내게 살아있다는 충만감을 주었고
이별은 내게 타인을 이해하려는 배려심을 주었다.

실패가 두려워서 시작하지 않았다면
기회와 경험은 결코 가질 수 없었을 것이다.

모든 과정은 이미 충분하다.
좋은 결과뿐만 아니라 과정 모두 의미가 된다.

# 누군가의 길

사람들은 각기 다른 환경 속에서
때로는 같은 교육을 받으며
저마다 자신만의 보물 상자에
다른 것들을 채워 넣는다.

먼저 고운 색을 띤 사람 옆에 서면
한없이 작아지는 기분이 든다.

같은 꿈을 꾸더라도
저마다 가진 보물 상자처럼
다른 색을 띤다.

어떤 것을 담았느냐에 따라
달라지는 색깔처럼
끝에 다다르는 시간 또한 다를 것이다.

누군가의 길은 짧고
누군가의 길은 길다.

또 누군가의 길은 완만하고
또 누군가의 길은 가파르다.

또 누군가는 새로운 길을 개척하기도 하고
또 누군가는 길을 잃고 헤매기도 한다.

## 나만의 길

어느 누구보다
나는 나를 사랑한다.

나를 위태롭게 바라보는
다른 사람들의 시선과 염려들은
그대로 흘려보내면 된다.

마음의 중심을 잡고
오늘도 한 발
내일도 한 발

나만의 길을 가고 싶다.

마음 넷,
조금 늦었을지라도

# 지금의 평온함

이별하고 꽤 오랜 시간이 지났다.

슬퍼했던 시간만큼 이별은 멀어졌다.

다시 사랑을 꿈꾼다 하지만

한편으로는

다시 삶을 어지럽히고 싶지 않고

지금의 평온함이 지속되길 바란다.

# 잠시 사랑을 꿈꾸고

~~~~~~~~~~~~~~~~~~~~~~

조금은 삶에서 멀어진 사랑이라는 마음.

드라마나 영화 속 사랑을 볼 때만
잠시 사랑을 꿈꾸고 사랑에 머문다.

사랑이 빠져나간 자리를 메꾸듯
대리 만족의 사랑을 한다.

영화 속 사랑이 끝나면
사랑을 꿈꾸기 빡빡한 현실로 되돌아온다.

# 새로이 찾아드는 사랑은

~~~~~~~~~~

새로운 사랑을 가장 소중히 여기며
설렘도 애틋함도 간절함도
처음처럼 각별할 수 있도록
언제나 첫사랑처럼 사랑해야 한다고 생각했다.

어느 누군가는
아직도 이십대처럼 사랑한다고
내게 말했지만
나는 여전히 그렇게 생각한다.

# 처음처럼

어쩌면 사랑에 닳고
아픔에 닳고
슬픔에 달았지만

실은 사랑의 간절함을 잃은
연인과의 사랑 없이도
충만한 삶을 살고 있지만

그래도 어느 순간
내게 사랑이 찾아온다면
언제나 처음처럼

겁 없이 뛰어들고 싶다.

## 처음이 아닌
## 처음의 사랑

언제나 당신이 나에게 첫 사랑이다.

# 서툰 어른

어릴 때 꿈으로 채워질 수 없는 나를 보게 되었을 때 나는 조금 당혹스러웠다. 나도 모르는 사이에 내 삶의 중요한 가치는 달라져 있었다. 더 이상 열정만으로 모든 것을 감수할 수 있는 내가 아니라는 걸 알게 되었다.

어려움을 겪으며 마음은 강해지기보단 약해졌고 용기보단 겁이 많아졌고 선택은 자유롭기보다는 무거워졌다. 아주 작은 것에도 설레고 웃음을 보이던 예전 모습과 나는 조금 멀어져 있었다.

아픔도 슬픔도 울고 나면 금세 잊어버리던 한 아이는 아픔에도 슬픔에도 잘 웃지 않게 되는 대신 기쁨도 설렘도 잘 느끼지 못하게 되었다.

세월은 모든 감정의 순간과 대면하는 것보다 가끔 스치듯 지나가는 것이 삶을 견뎌내는 것에 수월하다는 것을 알려주었다. 일상에서 일어나는 크고 작은 일들을 저 멀리 내 일이 아닌 것처럼 외면하기도 했다.

누군가의 안부 인사에 언제까지나 염려가 되긴 싫어서 '별일 없다.' '그냥 늘 같다.' 말하며 마음을 속일 때면 했던 말을 곱씹곤 했다. 그럴 때마다 나는 나를 속여 가는 어른에 한발짝 다가서 있음을 느끼곤 했다.

어른 성장통을 겪으며
순진하지 않은 어른이 된 건지
순수함을 잃은 어른이 된 건지

귀보다 입이 앞서는
못난 어른이 된 건 아닐까
겁이 나기도 했다.

색안경 끼지 않은 순수한 시선이
더 이상 내게 없는 것 같아
씁쓸하기도 하지만
서툰 어른의 모습이 마냥 싫지만은 않다.

서툰 내가 서툰 누군가를 이해할 수 있어서
서툰 내가 서툰 누군가에게 이해받기도 해서

서툰 어른이라서
네가 필요하기도
내가 힘이 되어주기도 해서

지난날의 어린 나를
보듬어주기도 해서

조금 서투르고 느려도
괜찮다.

# 미안해

미안했다고
미안하다고
어렸다고 이해해달라고 말하기엔
너 역시도 여리고 어린 마음이었음을…….

차마 나를 변호할 수 없어
사람들과의 관계,
일과 사랑,
건강마저 좋지 않은 날.

나아질 기미가 보이지 않을 때면
너에게 상처를 줬기에 받아야 하는 당연한 벌이라고
나는 나의 잘못을 탓하며
그 시간에 묶인 채

스스로를 용서하지 못하고
상처입히며 살아왔다.

# 용서

네가 나를 진심으로 용서했더라도
어쩌면 나라는 사람을 잊었더라도

내 마음이 네게 닿지 않아
용서를 구할 수 없더라도

내가 정말 잘못했다고
다시 한번 사과하고 싶다.

정말 미안했다고……,
정말 미안하다고…….

# 모래로 짓는 성

상처받지 않기 위해
때로는 감정을 드러내는 것이 부끄러워
오히려 아픈 말들을 쏟아내곤 했다.

서툰 마음은 누군가에게
깊은 상처로 남았다.

가까운 사이일수록 사과는 멋쩍어 어려워
시간이 흐르면 괜찮아질 거라 어림잡아
어색한 시간이 흐르기만을 바라기도 했다.

가벼워 보일지 모르는 생채기일지라도
묻고 묻으면 더는 메울 수 없이
커다란 구멍이 될 수 있다.

모래로 짓는 성처럼
금방 와르르 무너질 수도 있다.

가까운 사이일수록 이해라는 덕목으로
굳건한 관계가 지속될 거라는 믿음으로
제대로 된 사과 없이 슬쩍 경계를 넘나들기도 한다.

어렵게 내민 사과가 거부당할 때면
무안함과 당혹감에 사과해야 하는 사람에게
버럭 화를 내는 우를 범하기도 한다.

또다시 거절당할지 모른다는 두려움은
다시 사과하는 것을 머뭇거리게 한다.

상처의 깊이를 가늠할 수는 없더라도
순간의 감정이 만들어낸 실수일지라도
잘못을 되뇌고 깊이 반성하며
진심 어린 사과를 건네야 한다.
용서받지 못하더라도 말이다.

일생에 한번쯤 누군가에게 상처받고
한번쯤은 상처주기도 한다.

이리저리 다친 모난 마음은 다른 누군가에게
상처주기도 하지만 자기 자신을 다치게 한다.
자신을 향한 가시가 많은 사람은
타인을 향해서도 가시를 세운다.

원망과 잘못으로 지난 시간에 갇혀 있다면
자신을 미워하는 마음을 조금씩 걷어 들이면 좋겠다.
되돌릴 수 없는 지난 일 때문에
끊임없이 자신을 괴롭히지 않았으면 좋겠다.

누구도 아닌 지금의 자신을 위해
미워하는 마음은 버리고 자신을 사랑할 수 있기를
자신의 가능성을 짓밟지 않기를 바란다.

우린 좀 더 좋은 사람이 될 수 있다.

# 염려의 말

걱정의 물음은
숙제처럼 나를 따라붙었다.
단상에 올라 순위를 매기듯
기준점에 도달하지 못한
나를 향한 염려의 말이 되곤 했다.

어쩌면 짧은 시간 스치는 염려와 걱정은
긴 시간 마음을 아프게 하지만
그 시간들은 피할 수 없이 매번 찾아온다.
이런 염려의 말을 듣고 싶지 않아서
사람들과 멀어지고 싶던 시간도 있었다.

# 걱정의 말

~~~~~~~~~~~~~

툭 던져버린 걱정의 마음이
과한 말이 되어 상처가 되는 날이 있다.

누군가에겐 학업과 취업이,
또 누군가에게 결혼과 출산이,
다시 돌아 자녀의 학업, 취업, 결혼, 출산……

끝없는 굴레의 관심과 걱정들이
아픔으로 자리잡게 되는 날이 있다.

# 잘 지내

어느 순간 나조차도
누군가의 안부를 묻는 게 어려워져

두리뭉실하게 변해버린 나의 안부 인사
"잘 지내?"

"응, 잘 지내"라고 변한
우리의 인사.

상처가 되지 않게 묻던 말
"잘 지내?"

뭐라 할 말을 찾지 못해 돌려준 말
"응, 잘 지내. 잘 지내지?"

**어쩌면 깎이고 깎인 진심이 담긴 말**
**"네가 잘 지냈으면 좋겠어."**

## 짧은 안부

우리에게도 스쳐가는 바람이 간지럽다고 웃던 때가 있었다.
사소한 것도 모두 공유했던 우리는 주어진 역할이 많아질수록
더 많은 이름이 주어질수록 그만큼 소원해졌지만…….

서로를 다치게 하는 많은 말보다 짧은 안부에도 느껴지는 너
와 나의 진심이 여전히 힘이 되어 오늘을 살아간다. 각자의 삶
을 그리고 연결된 삶을 다시 일어나 살아간다.

## 중심 잡기

삶은 언제나 자신과의 싸움과 같다. 누구도 자신의 삶을 대신 살아줄 수 없기에 스스로 깎이고 아픈 과정을 겪는다.

때때로 상대를 위하는 마음일지라도 잦은 지적과 충고는 상대의 중심을 무너뜨리기도 한다.

누군가를 향한 충고와 조언보다 가슴 따뜻한 응원이 상대를 더 나아가게 한다.

소중한 사람이 흔들리지 않도록 우리는 인정해주고 격려해주는 사람이면 좋겠다.

서로가 서로에게 힘이 되는 사람이면 좋겠다.

## 상대성

이해의 시작은 같은 상황에 사람만 바꾸어 생각하는 입장 바꾸기가 아니라 어떤 상황을 자신의 시선이 아닌 상대방의 시선에서 바라보는 것이다.

삶의 가치의 기준이 저마다 다르듯 좋아하는 것의 종류와 범위, 정도가 다를 수 있는 것처럼 처한 상황의 아픔과 고통 등도 저마다 느끼는 정도가 다르다.

타인이 털어놓는 속마음을 다른 이와 비교하여 가볍게 생각하진 않았는지 되돌아보는 시간이 필요하다.

우리는 상대를 소중하게 생각하는 만큼 배려하고 있는지 흐르는 세월과 함께 관계 역시 성장하고 있는지 여전히 기꺼이 함께하고 싶은 사람인지 되돌아보았으면 좋겠다.

다른 사람의 생각을 이해하려고 노력하고, 마음을 다해 위로하고 그가 어떤 선택을 하더라도 존중하는 누군가를 있는 그대로 인정하는 우리가 되었으면 좋겠다.

# 연인

종종 누군가 내게 건네는 따듯한 말은
내가 간절히 듣고 싶은 말이기도 했다.

사실은 어떤 일로 아프다고 힘들다고 얘기하고 싶으면서도
힘든 얘기를 꾹꾹 눌러 담아 버티고는

오히려 "힘든 일이 있으면 언제든 얘기해도 돼."
말하곤 했다.

실은 누군가 내게 해주었으면 하고 바랐던 말.
내 이면의 얘기를 해도 된다는 말이 듣고 싶어 꺼냈던
진심의 말.

상대의 말을 진심으로 들으면서도
내 안의 외로움 때문에
때때로 공허함이 찾아왔다.

자신의 삶으로도 벅찬 상대에게 부담이 될까 봐
털어놓는다고 덜어낼 수 있는 짐이 아니란 걸 알면서도
외롭다고 느꼈던 순간들.

이따금 나와 닮은 누군가를 발견할 때면
어차피 꺼내지 않을 속마음이겠지만
서로 안의 닮은 슬픔을 보게 될 때면
그 외로움을 알기에 차마 외면하기 어려웠다.

그런 나에게 연인은 이면의 이야기를 할 수 있는
유일한 사람이기도 했다.

# 유일무이한 사람

세상 누구보다 깊은 숨결을 나누는 연인과의 묘한 유대감과 친밀감. 연인은 어느 누구보다 서로의 마음을 이해하려고 노력하는 사이이다. 점점 각박해져 가는 세상 속에서도 쉬이 사랑을 놓지 못하는 이유는 쉽게 꺼낼 수 없는 속마음을 단 한 사람에게라도 나눌 수 있길 바라서인지도 모르겠다.

삶의 많은 부분에서 유약할지라도 나의 연인에게 만큼은 언제나 자신을 온전히 풀어낼 수 있는 기대 쉴 수 있는 큰 나무 같은 사람이 되고 싶다. 수많은 가면 뒤에 숨지 않고 나를 온전히 드러내 보여도 언제든 당신의 무너짐을 내보여도 괜찮은 사람이 되고 싶다.

있는 그대로의 너를
무너져 내리는 너를 내보여도
자존심을 내려놓는 일이
자존감을 내려놓은 일이 아니어도 되는
유일무이한 사람.

이면의 말들조차
온전히 감정을 나눌 수 있어
때로는 힘이 되어주고
때로는 그저 기댈 언덕이 되어주는 사람.

때때로 서로를 알아가면서
때때로 서로를 맞춰가면서
많은 감정 소모가 생기더라도
가장 외로운 순간,
손을 잡아줄 수 있는 사람이었으면 좋겠다.

**서로가 서로에게**
**그런 사람이 되었으면 좋겠다.**

# 희망이 되는
# 곁이 되어주길

때론 자신의 의지만으로 극복할 수 없는 순간이 찾아온다.

조금만 눈을 돌려 다른 곳을 보면, 마음가짐을 조금만 달리 먹으면 모든 것이 나의 의지에 달려 있다는 말에도 좀처럼 힘을 내지 못하고 그 모든 자리와 순간들, 관계에서 멀어져 내가 자신에게조차 희미해지던 내가 있었다.

길어지는 어둠의 끝이 보이지 않던 순간. 삶에서 점점 희미해지는 나의 존재를 들여다보는 누군가가 있기를, 나조차 잊은 나를 잊지 않는 누군가가 나를 기다려주기를 간절히 바랐다.

아주 흔한 인사조차도 나를 들여다봐주는 것 같아 긴 어둠의 터널을 함께하는 것 같은 기분이 들어 큰 힘이 되기도 했다.

**우리는 많은 관계에 지치기도 하지만**
**누군가로 인해 다시 희망을 품기도 한다.**

**누군가의 희망이 되는 따듯한 곁이 되고 싶다**

## 고맙습니다

내 모든 세상을 얼어붙게만 만들던 나는
따뜻하게 안아주는 마음이라는 걸 알면서도

충고는 아팠고 조언은 듣기 싫었다.
대신해주던 신랄한 욕도
진심이 담긴 위로도 힘이 되지 않았다.

그런 따듯함이 또 다른 짐처럼 이고 졌던 나는
나를 향한 관심이 무겁고 힘겨웠다.

그래도 나를 떠나지 않고
곁에 있어준 따듯한 마음들.

**고마워.**
**고마워요.**
**고맙습니다.**

# 생일

추운 겨울의 시골 마을.
부모님은 이제 많은 걸 잊고 흘려보낸다.

내가 고른 작은 내 생일 케이크에
초를 몇 개 꽂고 촛불을 켰다.

얼굴이 환해진 부모님이 생일 축하 노래를 불러주었다.
올해 생일은 노래 가사를 곱씹으며 들었다.

누군가의 사랑하는 사람이라서
생일을 함께할 수 있는 사람이 있어서
참으로 고마운 하루.

"낳아주셔서 감사하고
길러주셔서 감사합니다."

마음 깊숙이 감사 인사를 전했다.

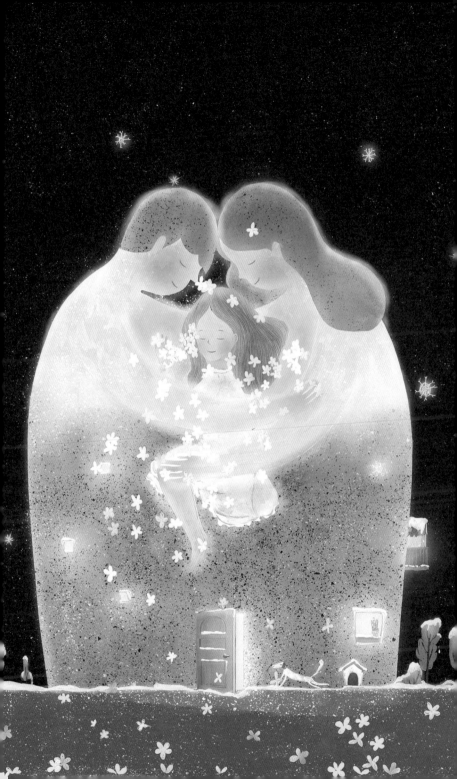

# 곁

아픔이 넘쳐흐르던 날

그냥 곁에 있는 당신이

내겐 가장 큰 힘이 되었다.

곁이 되는 당신이 있어

다시 내게 따듯함이 스며든다.

# 고요한 밤

고요한 밤
앞서 걷는 어스름한 그림자를 따라간다.
타닷, 타닷.
발걸음 소리와 거친 숨소리가 들려온다.

앞서 걷는 엄마의 뒷모습을 쫓으며
온전히 그 모습을 눈에 담는다.
당신과 함께하는 지금이
내겐 너무 소중하다.

세월이 흐를수록
어느 순간
당신이 내 삶에서 사라져버릴까 봐
나는 눈으로 당신을 되새긴다.

## 당신의 곁이 되어줄게요

완벽하지 않아도
누군가의 쉼터가 되어줄 수 있다.
그 사실이 우리를 완전하게 만든다.

기꺼이 누군가의 곁이 되어주고 싶은 날
긴 어둠 속에서 네가 빛을 찾을 때까지
묵묵히 곁이 되는 내가 되고 싶다.

옷깃을 적시는 가랑비처럼
서서히 희망이 스며들어
더는 네가 있는 곳이 어둠이 아니길…….

숱한 인고의 시간으로 발견한 삶의 의미.
수많은 색으로 자신의 삶을 채울 우리가 되길…….

"내가 당신의 곁이 되어줄게요."

# 다시 한 번

조금 늦었을지라도
다시 한번 시작해보기를.

지난날을 돌아보며
'그때는 그랬는데'라고

되돌릴 수 없는 지난날에
오래 머물러 있지 않기를.

때로는 홀로
걷고 뛰기를 반복하며

일과 꿈과 사랑에 발을 내디뎌
다시 한 번 항해를 시작하기를.

넘버 원이 되는 것도
온리 원이 되는 것도

평범하게 사는 것도
쉽지 않은 삶일지라도

자신을 부끄러워하지 않고
'나는 나로 잘 살아왔다' 대견해 하고

따듯한 눈길로
바라볼 수 있는 우리가 되길.

# 괜찮지 않은 날

그런 날들이 있었습니다.

불안과 걱정들이 마음의 틈으로 파고들었던 날.
못난 생각이 쌓였던 날.
어떻게든 나를 떨쳐내고 싶었던 날.
다른 사람과의 관계와 일의 성취로
자기애를 채우려고 노력했던 날.
정작 자신을 들여다보지 못했던 날.
자신을 사랑하지 못했던 날.

그때 제게 필요했던 건 마음의 소리에 귀 기울이는 시간이었습니다. 나를 지켜보고 나를 믿고 나를 사랑하는 마음이었습니다. 나를 작아지게 만들고 삶을 불편하게 하는 것들과 이별하는 용기였습니다. 그리고 나와 소중한 사람들을 있는 그대로 존중하는 것이었습니다.

이 책은 서툴고 아팠던 날들을 기록한 것입니다. 이 기록들이 나와 닮은 당신에게 한 줄기 빛으로 때로는 한 그루 나무 같은 위로가 되었으면 좋겠습니다.

그림은 드림

# 한번쯤
# 네가 나를
# 그리워했으면
# 좋겠다

**초판 1쇄** 인쇄 2018년 12월 5일
**초판 1쇄** 발행 2018년 12월 12일

**지은이** 그림은
**펴낸이** 김선식

**경영총괄** 김은영
**기획** 백상웅 **책임편집** 최지인 **크로스교정** 임경섭 **디자인** 박수연 **책임마케터** 이고은
**콘텐츠개발6팀장** 백상웅 **콘텐츠개발6팀** 박수연, 임경섭, 최지인
**마케팅본부** 이주화, 정명찬, 최혜령, 이고은, 양서연, 이유진, 허윤선, 김은지, 박태준, 배시영, 기명리
**저작권팀** 최하나, 추숙영
**경영관리본부** 허대우, 임해랑, 윤이경, 김민아, 권송이, 김재경, 최완규, 손영은, 김지영, 이우철

**펴낸곳** 다산북스 출판등록 2005년 12월 23일 제313-2005-00277호
**주소** 경기도 파주시 회동길 357 3층

**전화** 02-704-1724
**팩스** 02-703-2219 **이메일** dasanbooks@dasanbooks.com
**홈페이지** www.dasanbooks.com
**블로그** blog.naver.com/dasan_books
**인쇄** 민언프린텍

ISBN 979-11-306-2006-0 (03810)